한국 희곡 명작선 89

이를 탐한 대가

등장인물

이수한 (32세, 남) 냉동인간 실험 제의에 응한 무기징역 죄수, 한국인.
탐   (45세, 남) 냉동인간 실험 제의에 응한 일반인, 재미교포.

때

2021년 혹은 2121년

곳

튜링테스트 실험실

무대

밀폐되어있는 방 안, 인간을 냉동시키기 위한 동면기 두 대가 보인다.
무대 한가운데 날카로운 느낌의 일체형 테이블 하나가 놓여 있다. 테
이블 위에는 의문의 상자가 놓여있으며 상자에는 '열어보지 마시오'
라고 적혀있다. 벽은 온통 하얀색을 띠고 있으며, 미끌미끌한 벽에는
필기가 가능하다. 무대 바닥 한가운데는 다른 색깔을 띠고 있는 네모
난 형태의 바닥이 보인다. 벽 한가운데는 디지털 스톱워치가 붙어있
고, '01:00:00'으로 맞춰져있다. 바닥에는 필기를 할 수 있는 매직펜들
이 뒹굴고 있으며, 벽에는 누군가 썼다 지웠다 한 흔적들이 가득하다.
전체적으로 날카롭고 차가운 분위기이다.

일러두기

본 대본에 쓰여 있는 '사이'는 관객들로 하여금 두 사람의 존재를 혼
동하게 만드는 중요한 요소임을 참고 바란다.

한국 희곡 명작선 89

이를 탐한 대가

김성진

평민사

김성진

이를 탐한 대가

막이 오르면, 어둠 속에서 인공적인 목소리가 울려 퍼진다.

소리   자 - ! 다음 - !

'철커덩' 소리와 함께 스톱워치 시간이 줄어들기 시작하면,
불이 천천히 밝는다.
사방이 막혀있는 작은 방, 동면기 두 대가 보인다.
한 대는 닫혀있고, 한 대는 열려있다.
탐은 테이블 앞에 앉아있다.
머리가 아픈 듯 인상을 잔뜩 쓰고 종이를 바라보고 있는 탐.

탐   (닫혀있는 동면기를 바라보며) 이걸 지금 믿으라고….

닫혀있던 동면기, 커다란 소리와 함께 열린다.
동면기 안에서 수한, 움직인다.
오래 전부터 그 속에 있었던 것인지 상당히 혼란스러워한다.

이   아 아 - 악.

눈을 뜨기 힘들어하는 이수한.

이   뭐야… 아….

이수한, 한동안 몸을 일으키지 못하고 가만히 있는다.

이　　아니 이게…. 아 머리야. (눈을 뜨려다 부여잡는) 아이씨 눈!
　　　여기 어디야! 저기요!

이수한, 기침한다. 이수한을 말없이 바라보는 탐.

이　　저기요? (머리를 부여잡으며) 뭐 이래? 어우 - . (사이)
　　　여, 여보세요! 뭐 아무도 없는 거에요?

이수한, 눈을 조금씩 뜨려한다.

이　　(중얼거림) 뭐 시스템이 이따구야.
탐　　눈은 아주 천천히 조금씩 뜨는 게 좋을 거야.
이　　깜짝이야. 뭐야. 거기 있었어요? 대꾸를 안 해.

다시 아무 말 하지 않는 탐.

이　　이봐요! (사이) 왜 대답을 안 해요. 야! 나 고객이라고!
　　　죄수라고 무시하냐? 이 나라는 씨발 인권이라는 게 없
　　　어. 여보쇼. (일으켜 달라는 듯) 나 좀 도와줘요. 알았어 쏘
　　　리 쏘리. 빨리.

탐, 다가가 이수한을 일으켜준다.

탐   100년 만에 일으킨 몸에 힘이 있을 리가 있겠어? 최첨단
        동면기라도 전부 다 제어할 순 없다고.

이   당신 의사야? 아니 박사님 어디 갔어.

탐   뭐든 천천히 해봐. 그럼 버틸 만할 거야.

이   에이 시팔. 당신 누군데!

이수한. 천천히 눈을 뜬다.

탐   방금 전까지 네 옆에 누워있던 사람.

이   뭐?

사이.

이수한. 천천히 눈을 뜬다.

이   어우. (눈을 깜빡이며) 여기 어디야….

이수한, 탐을 한참 바라본다.

탐   누구세요?

탐, 말이 없다.

이	(주위를 둘러보며) 사람들은 다 어디 갔어요? 박사님은요? 이 봐요 말을 좀 해봐요. 사람이 말을 하는데.
탐	조용히 해 이 새끼야 – ! (사이) 나도 너랑 똑같아. 지금 혼란스러운 건 너나 나나 마찬가지라고.
이	왜 반말이야?
탐	몇 살이지?
이	왜. 뭐. 먹을 만큼 먹었어.

탐, 이수한을 노려본다.

탐	먹을 만큼 먹었으면 애처럼 굴지 마.

이수한, 주위를 살핀다.

이	여긴 어디야 이씨. (스톱워치를 발견하는) 뭔 시계… 시계가 아니네. 줄어드네 시간이.
탐	(혼잣말) 누군가 장난을 치고 있어.
이	뭐?
탐	….

이수한, 벽을 만져본다.
투명한 벽에 흐릿하게 무언가 적혀있는 흔적을 발견한다.

이	이거 뭐야, 뭐라고 써있는 거야?

이수한, 가까이 다가가 벽에 희미하게 남아있는 글씨들을 바라
본다.

이	(잘 안 보이는듯) 나는… 뭐야 이게. 누가 쓴 거야?

이수한, 주변을 둘러본다.

이	문이, 문이 없잖아. (밖을 향해) 이보세요! 이보세요 - ! 저기 요 - - ! 뭐야 나 갇힌 거야? 이제 좀 밖으로 나가나했더 니만.

흥분을 가라앉히는 이수한.
주변을 둘러본다.
그러다 짜증난다는 듯이 벽을 발로 차본다.
가만히 탐을 바라본다.

이	당신 뭐야? 뭔데 계속 쳐다봐?
탐	….

탐, 이수한에게 다가간다.

이   뭐야?

탐, 한참 쳐다보다가 바깥으로 시선을 돌린다.

이   (탐의 어깨를 잡으며) 뭐냐고!

탐, 이수한의 손을 떨쳐낸다.

탐   전형적이야.
이   갑자기 뭐가!
탐   마치 방을 나가려면 이렇게 행동해야한다는 것처럼 말이야.
이   야.
탐   어디 못 나갈 데 있었나봐. 감옥 뭐 이런 곳.
이   뭐?
탐   방금 전에 네 입으로 이야기했잖아. 죄수라고.
이   넌… 아니야?

이수한, 두통이 오는지 머리 부여잡고 주저앉는다.

이   아이씨. 뭐야.

두통을 느끼다 주변을 둘러보고 문득 익숙함에 의아하다.

이   뭐지.

탐   왜.

이   (절레절레) 아니야.

탐   이제 연기는 그만하지?

이   뭐? 무슨 연기?

탐   너 지금 일어나서 지금껏 해온 행동, 상당히 전형적이지
        않아? 마치 사람이 방 안에 갇히면 이런 행동을 하겠구나
        싶은 행동을 그대로 하는군.

이   아저씨. 뭐 머리가 어떻게 됐어?

탐   난 달라. 날 보통사람하고 똑같다고 생각하면 오산이지.
        난 누구보다 생각이 깊고 이성적이거든.

이   이봐!

탐   (사이) 둘 중에 하나는 인공지능이다. AI.

이   인공, 뭐?

탐   그 인공지능을 밝혀라. 1시간 안에 말이야? (정면을 바라보
        며) 사람 잘못 봤어. 난 과학자라고. 이런 논리싸움에 내가
        밀릴 거라고 생각해?

이   과학자야?

        탐, 이수한을 바라본다.
        이수한, 테이블 위에 있는 페이퍼를 발견한다.

이   (읽으며) 2121년, 잠깐만 2121년? 그렇지. 튜링테스트에

오신 것을 환영합니다. 당신들에게 주어진 시간은 1시간입니다. 주어진 시간 내로 토론을 통해 두 존재 가운데 인공지능을 찾아내시오. 15분마다 시련이 있을 예정이오니⋯ 폭력과 살인은 포함한 모든 행동이 용인됩니다. 단, 본인을 해할 수 없습니다. 자해와 동시에 실험은 종료되며, 두 존재 모두 사회로 나갈 수 없습니다. (탐을 보며) 이게 뭔 소리야.

탐	이름은?
이	왜.
탐	이름말이야. 네 이름.
이	이수한. 뭔데.
탐	Lee?
이	수한. 이수한.
탐	(이수한의 표정을 관찰하며) 반가워. 난 탐이야.
이	미국인이야?
탐	재미교포야.
이	그렇게 안 생겼는데.

탐, 이수한에게 손을 내민다.
이수한, 다가가 손잡으려하는데.

이	(이상한) 어⋯. (뒤로 물러나며) 뭐지.
탐	뭐가.

이	우리 어디서 본 적이 있나?
탐	(손을 잡으며) 초면이야.

사이.

탐	튜링테스트라고 들어본 적 있나?
이	튜링테스트. 왜 들어봤지.
탐	기계가 인공지능을 갖추었는지에 대해 판별하는 실험이지.
이	….
탐	너와 나. 둘 중에 하나는 인공지능이다.
이	난 인간인데?
탐	그건 네 생각이지. 뭐 연기를 하는 것일 수도 있겠군.
이	(페이퍼를 다시 보며) 밖으로 나가는 방법은 그걸 찾아내는 것뿐이다?
탐	본래 튜링테스트는 1950년에 영국의 앨런 튜링에 의해서 고안된 실험이야. 인간과 컴퓨터를 보이지 않는 공간에서 정해진 시간을 두고 대화를 하여 두 존재를 구별해내는 것.
이	(노려보며) 어떻게 그렇게 잘 알아?
탐	과학자라고.
이	….
탐	일리노이 출신이야. 생명과학연구원에 있었고. (사이) 심지어 인공지능은 내 부전공이야.

이	….
탐	왜, 신분증이라도 보여줘야 믿을 생각이야?
이	잠깐, 그럼 아까 연기하지 말라는 소리… 내가 인공지능이라는 소리야?
탐	난 인간이니까.
이	자, 잠깐만. 나 같은 사람이 인공지능일 것이라고 생각해? 지금 내 이 모습을 보고도?
탐	인공지능이 바보냐? 너 같은 멍청한 인공지능을 만들었을 리가.
이	거 봐 - !
탐	라고, 생각한다면 인공지능에게 놀아나는 꼴이겠지. 인간과 인공지능을 가려라. 너 같으면 어떤 인공지능을 넣겠나?
이	….
탐	가장 인간 같은 인공지능을 넣는다.
이	인간….
탐	바로 이. 너처럼 말이야.
이	탐!
탐	이. 그런데 지금은 생각이 좀 바뀌었어. 어쩌면 너 스스로 인공지능인 걸 모를 수도 있겠다는 생각이 들었어. 연기가 너무 리얼해서 말이야.
이	인공지능이 스스로 인공지능인 것을 모른다?

이수한, 두통이 온다.

탐 그래서 둘을 놓고 스스로 구별하라고 하는 거지. 본인이 인공지능인 것을 안다면 구별하는 일이 너무 쉬우니까. 왜?

이 아니야. (주위를 둘러보며) 이 장면 어디서 본 적이 있는 것 같아서.

사이.

이 탐.

탐 왜.

이 그렇다면 너도 인공지능일 수 있다는 소리야.

탐 … 보기보다 머리가 잘 돌아가네.

이 그러니 이제 의심은 그만하지?

탐 의심을 거둘 수 있겠어? 상대에게 의심을 거두는 순간 본인을 의심해야 할 텐데 말이야.

이 … 아이 씨발. 지금 우리가 이걸 왜 하고 있는 건데. 지금 이거 누군지 모르지만, 우리 놀아나는 거야.

탐 이봐 이. 말했지 난 생각이 깊다고. 얘네들, 목적이 바로 이거야. 근데 그 방향에 따르지 않으면 우린 어떻게 될 것 같아? 우린 여기 갇힌 몸이야.

이 인간은 역시 노예야! 시키는 대로 일만 하는 노예!

탐 너 방금 나에게 인간이라 말했어.

이 아니 그건!

탐, 가까이 다가가 이수한의 어깨를 꽉 붙잡는다.

탐   (화를 억누르며) 누가 이곳에 날 가뒀는지 알 수 없어. 지금 그걸 알아낼 방법도 없고 말이야. 근데 있잖아. 난 이곳을 나가야해. 내가 어떤 결심을 가지고 이곳에서 이러고 있는 줄 아느냐고.

사이.

탐   (동면기를 가리키며) 무, 무엇 때문에 내가 저곳에 들어가서 꽝꽝 얼어 있었는 줄 알아? 무려 100년 동안이나 말이야. 너 따위 사회에 죄나 짓고 사는 인간이 아니라고 난. 나도 너처럼 표현은 안하지만 지금 상당히 화가 난 상태라는 것만 알아둬.

이   나는 그저 죄를 씻어낼 수 있다고 해서, 그래서 들어간 거라고! 이건 내가 원하던 게 아니잖아. 말이 다르잖아 이건! 내가 인공지능이면, 내가 기억하는 건 다 뭔데. 내가 이제껏 살아온 내 삶은 다 뭔데.

탐   (이수한의 머리를 가리키며) 네 머릿속에 프로그래밍 되어있는 것일 수도 있지. 그래서 정해진 계획대로 움직이는 걸 수도.

이   그렇게 치면 당신도 마찬가지잖아. 어차피 지금 정답은 없는 건데 서로를 확신하고 넘겨짚지 말자고요.

탐   … 틀린 말은 아니야. 혼란스러워.

말이 없는 두 사람. 이수한은 종이를 들어 다시 확인한다.

이   인공지능이 누구인지 구별하라는 게 대체 뭔 소린데. 그냥 나랑 너 중에 인공지능을 누군가 하겠다고 하면 그 사람이 인공지능이 되는 거야?

탐   방법이 하나 있긴 한 것 같아.

탐, 테이블 위에 상자를 들어 보인다.
'열어보지 마시오' 라고 쓰여 있다.

이   이게 뭐야?

탐   몰라 이 위에 있었어.

탐, 열어보려 하는데.

이   잠깐만. 열지 말아봐.

탐   ….

이   열지 말라고 쓰여 있잖아.

탐   보기보다 겁이 많군. 지금 그 말은 너도 이 사람들의 말에 따르겠다는 소린가?

이   그게 아니라. 왠지 열면 안 될 것 같아서 그래.

탐   무슨 말이야?

이   몰라 그냥 느낌이 안 좋아. (사이) 그리고 일단은 별 수 없잖아. 이렇게 된 이상 (주변을 바라보며) 이 사람들 말을 들을 수밖에. 당신 과학자라며, 그럼 당신이 알고 있는 게 있을 거 아니야. 뭔지 이야길 해봐.

탐 범용적 알고리즘… 들어본 적 있나?

이 범용적?

탐 펜이 있으면 좋은데….

이수한, 자연스럽게 구석에 있는 펜을 가져다준다.
탐, 일어나서 주위에 펜을 주워들고 벽에다 필기를 한다.

탐 알파고, 그리고 알파고의 알파고. 알파고의 알파고의 알파고, 언젠간 그 알파고 마저 뛰어넘는 알파고라는 존재가 나올 거라는 학계의 보고가 있었어. 물론 알파고라는 이름을 가지고 있진 않겠지만 말이야. 그럼 결국 범용적 알고리즘을 가지게 되는 기계가 탄생할 거란 소리야.

이 범용적 알고리즘.

탐 사고. 사고하는 기계를 말하는 거야. 완전한 AI말이야. 쉽게 말해서 알파고처럼 바둑에 룰을 입력시키지 않아도, 인간이 두는 바둑을 바라보며 바둑의 룰을 이해하는 것을 말하지. 그 소린, 생각을 한다는 거야. 기계가 말이야. 그렇다면 사고하는 인간과 사고하는 인공지능을 어떻게 구분하지? 외형적인 모습이 완벽에 가까울 정도로 똑같다면 말이야.

이	그야 인간에게는 본능이 있잖아. 본능적으로 느끼는 육감.
탐	인공지능이 그 본능마저 흉내 낼 수 있다면 우린 어떻게 인간의 본능을 느낄 수 있지?
이	이제 그런 세상이….
탐	페이퍼에 이야기가 틀리지 않다면 이곳은 2121년이니까.
이	인간이라면 무의식. 무의식이 있겠지. 인공지능은 무의식이 없을 거 아니야.

긴 사이.

이	왜?
탐	멍청해.
이	참나, … 신을 믿는 것도 인간만이 할 수 있는 행동이 아닌가.
탐	(먼 곳을 응시하는) 쓸데없는 소리. 난 신 따위는 믿지 않는다. (사이) 무신론자야.
이	여튼, 그런 존재가 이 안에 있다.
탐	너 일수도 있지.
이	탐, 너 일수도 있지. (사이) 아니 완전히 똑같은 둘을 어떻게 구별해내는데.
탐	완전히 똑같다고 하기엔 분명 모순이 있을 거야. 오점이 있겠지. 그 역시 사람이 만들어낸 것이 아닌가. 불완전한 존재가 완전한 존재를 만들어낼 수 있다고 생각해?

이	이 안에 인공지능이 있고 거짓말을 치고 있다.
탐	아니야. 말했듯이 프로그래밍 되어 있다면 본인도 자각하지 못하겠지. 마치 인간이라고 착각하며 말이야.
이	내가 인공지능인지 아닌지도 몰라. 근데 어떻게 찾아. 당신은 과학자일지 모르지만 난 아니야. 둘 다 인간일 수도 있잖아.
탐	모르는 척이야. 정말 모르는 거야?
이	(사이) 이봐. 몰아가지 마!
탐	이성적으로 생각해. 우린 인간이잖아. 네 말대로라면 말이야.

탐, 자리에서 일어나 주위를 둘러본다.

탐	대가야.
이	대가?
탐	우리 인간이 실리만 따지다 이렇게 된 거라고. (사이) 이 방에 갇혀있는 건 우리지만, 이러한 실험을 하게 된 것도 다 우리, 우리 때의 인간들의 욕심에서 비롯된 것이겠지. 인간의 탐욕은 끝이 없으니까. 지금 세상이 어떻게 돌아가는지 모르지만 말이야.
이	실리를 탐한 대가.
탐	많은 이들은 인공지능의 발달을 두려워하고 있었어. 만약 내가 혹은 네가 인공지능이라면 정말로 인간들이 두려워

할만한 세상이 도래했구만.

이   그 대가를 왜 내가 치러야하는데!

탐   이런 실험을 하는 방이 이 방 뿐일 것이라고 어떻게 단정 짓지?

이수한, 대답하지 못한다.

이   그야… 그렇게 생각하는 게 일반적이잖아.

탐   왜지?

이   아니… 생각해보니 생각을 잘못한 것 같아. 방이 여러 개 일 수도 있지.

탐   이. 너 의심스러운 구석이 한두 군데가 아니야. 지금 알고 이야기하는 거….

탐이 이수한에게 다가가는데, 스톱워치 '00:45:00'의 시간이 된 다. 사이렌 소리와 함께, 사방에서 가스가 새어나온다.

탐   이 씨발 뭐야!

이   탐!

탐   엎드려!

이   탐 - !

탐   이 미친놈아. 가스야!

탐, 이수한의 머리를 누르며 두 사람 같이 엎드려 코를 막는다.

이   유독가스?
탐   말하지 마 - !

탐, 수한의 입을 막아준다.
시간이 지나고, 가스는 곧 사라진다.
방금 전 가스로, 수한은 생각이 많아진다.

이   … 이 씨발 대체 어쩌라는….
탐   (이수한의 입에 손을 떼며) … 죽고 싶어 환장했어? 뭐야. 왜.
이   뭔가 답답하지 않아 지금?

탐, 일어나 살핀다.

탐   일어나봐.

이수한, 일어난다.

이   이런 씨발.
탐   뜨거워.

이수한, 바닥에 손을 대본다. 열기가 느껴진다.

| 이 | 태워죽일 생각이냐! |
| 탐 | 시련이라고 말한 거. 이거였어? |

이수한, 호흡이 가빠지고 답답하다.
탐, 냉정하게 생각하는 시간을 갖는다.
이수한, 탐을 바라본다.

탐	15분마다면 총 세 번의 기회가 있는 건가.
이	이봐.
탐	세 번, 세 번이라. 가스가 온도를 높이겠다는 신호인가? 인체에 무해한 거야?
이	어떻게 그렇게 담담할 수 있어요?
탐	(사이) 세상을 살다보니 이렇게 되어버렸어. 호들갑 떠는 것이 능사는 아니더라고.
이	(숨을 몰아쉬며) 마치… 인공지능처럼 말이야.

탐, 이수한을 쳐다본다.
긴 사이.

탐	웃기는 소릴 하는군. 실험에 참여하지도 않겠다는 놈이. 말장난 하는 거냐?
이	참여하려고. 지금부터.
탐	뭐?

이	이러다 둘 다 죽게 생겼어.
탐	… 아닌 척하더니 이제야 본색을 드러내는군.
이	네가 날 의심하는 만큼 나도 널 의심하고 있다는 생각을 좀 해줬으면 좋겠는데. 난 고철 따위 존중하지 않아.
탐	너 같은 놈 잘 알아 남을 속이는 그 눈빛. 앞에선 착한 척 쇼하면서 뒷구녕 차는 너희같은 족속들 말이야. 정말 인간을 똑같이 갖다 베꼈구만.
이	내가 지금 거짓말을 치고 있다고 생각해? 내 눈을 똑바로 봐.
탐	어. 난 그렇게 생각해. 심지어 슬슬 확신이 드는군.
이	자 이제 어떡할 건데?
탐	증명해. 그게 차라리 편하겠군.
이	뭘.
탐	너무 똑같아서 인공지능임을 구분해낼 수 없다면 인간임을 증명하면 그렇지 못한 존재가 인공지능이 되는 거잖아.

사이.

이	좋아. 결국 한명이 인공지능이라는 건 누군가 한명은 거짓말을 치고 있다는 뜻일 수도 있겠네.
탐	프로그래밍 되어서 본인은 인지하지….
이	(자르며) 그럴 수도 있다는 뜻이잖아.
탐	본인이 인간인 것을 증명해봐 그럼. 자, 무슨 일을 했지?

이	뭐가.
탐	죄수가 되기 전에 말이야. 아니야. 어쩌다 죄수가 되었지?
이	그딴 건 왜 묻는데.
탐	불완전한 존재는 실수를 한다. 분명 기억의 오류가 있을 거야. 아마 프로그래밍 되었다면 말이지. 숨기려한다면 더 더욱 실수를 할 테고. 자 난 과학자라는 것을 밝혔잖아? 두렵나? 들킬까봐?
이	이게 진짜!

사이.

이	살인을 했으니까.
탐	허, 참.
이	… 정확히 말하면 살인을 한 건 아니야. 방관했을 뿐이지. (사이) 상담일을 했었다. 노인 상담 말이야. 평생을 복수심에 불타는 노인을 만나게 됐고, 그 사실을 알면서 방관했어. 그 뿐이야.
탐	그래서?
이	더 이야기가 필요해? 충분한 거 같은데? 그러다 생명연장재단이라는 곳에서 우연히 냉동인간 실험 제안을 받게 됐고 그걸 응했어. 이딴 것으로 인공지능인지 뭔지를 찾을 수 있을 것 같아?
탐	그걸론 이, 네가 인간이라는 걸 증명 못 해. 그 말을 어떻

게 믿지?

이수한, 탐에게 달려든다.

이   아니 내가 직접 겪었대니까. 그래서 여기 왔다고 – !

탐, 이수한을 밀쳐낸다.

이   이런 미친 새끼가!

이수한, 탐에게 다시 달려든다.
두 사람, 몸싸움이 벌어진다.

이   니가 밖에서나 과학자지. 여기서도 과학자인 줄 알아?
탐   넌 너를 믿나? 네 생각을 믿나?

두 사람, 몸싸움하다가 이수한이 탐의 목을 조르는 형국이 된다.

탐   왜, 죽여. 살인도 용인된다는데.
이   닥쳐!
탐   (웃으며) 그런데 이렇게 내가 죽으면 내가 인간인 거잖아.
이   이 씨발!

이수한, 목을 잡던 손을 놓는다.

캑캑대는 탐.

긴 사이.

이   미안. 잠깐 흥분했어.

탐   죄수한테 이딴 취급이나 당하고 있다니. 이건 계약이 다
      르잖아 계약이.

이   대체 당신 뭐하는 사람이야?

탐   솔직히 말해서 지금 내 어떠한 기억도 믿을 수 없어.

탐, 주먹을 쥐며 바르르 떤다.

이   이봐, 괜찮아?

탐   아니야. (사이) 자진 참여했다.

이   뭘.

탐   냉동인간 프로젝트 말이야. 자진으로 참여했다고.

이   왜?

탐   뭐, 이곳에 오면 영웅대접이라도 받을 줄 알았나보지.

이   당신 과학자라며 돌팔이였냐?

탐   그 입.

이   인간적이군?

탐   뭘.

이   화내는 꼴을 보니까 말이야.

탐　인간적인 게 뭔데. 잠깐, 인간임을 증명한다. 인간이 뭔데.

이　인간?

탐　대체 인간적인 행동이….

사이.

이　당신 굉장히 이성적으로 행동하잖아.

탐　그런데?

이　인공지능은 이성적이야 그렇지 않아?

탐　그러면 인간은 이성적이지 않은가? 인간이 다른 동물과 다른 점은 이성적이라는 것에 있어.

이　그렇지만 인간도 동물이지. 동물과 인공지능의 차이점은 본능에 있어.

탐　멍청한 소릴 하는군. 본능적으로 행동하면 그걸 인간이라고 하던가? 본능은 이성에 지배되어야만 해 그게 인간이야. 그리고 지금까지 네 행동에는 아무런 이성도 없었다고 생각하는 거야? 뭐, 그래 살인자는 본능만이 가득하니까.

이　개소리 하지 마. 사실상 정당방위나 마찬가지였어! 내가 잘못한 게….

이수한, 말을 멈춘다.

탐　방관만 했다고 하지 않았나?

이	말실수.
탐	그렇게 실수로 넘겨버릴 일이라고 생각해?
이	내가 잠깐 미쳤었나 봐요.
탐	아까 네 입으로 인공지능은 거짓말을 칠 것이라고 이야기했어.

사이.

탐	대답 안 해?
이	내가 뭐 때문에 살인을 했는지 모든 걸 다 밝힐 필요는 없잖아! 나도 그렇게 자세히 안 물어봤어.
탐	그래서 노인 상담일을 한다고 떠들었어? 소설을 쓰셨구만.
이	진짜 죽고 싶냐?
탐	성격 나오네.
이	그럼 죽었어야 됐어? 날 죽이려 하는데 그냥 칼 맞고 죽었어야 됐냐고! 그 새끼가 안 죽었음 죽는 건 나였어!
탐	처음부터 그렇게 이야기했으면 됐잖아.
이	(사이) 당신한테 굳이 살인을 했다는 것까지 말하고 싶지 않았으니까.
탐	그래서 거짓말을 했구만?

사이.

이	잠깐! 인공지능은 거짓말을 치지 못할 텐데? 거짓말은 가장 인간적인 행동일 거야. 어떻게 생각해?

이 잠깐! 인공지능은 거짓말을 치지 못할 텐데? 거짓말은 가장 인간적인 행동일 거야. 어떻게 생각해?

탐 지금 날 의심하는 거야?

이 탐, 당신은 계속해서 날 의심하고 있었어. 내가 인공지능 아니라면 당신일 수밖에 없을 테니까. 우리는 지금 그렇게 생각할 수밖에 없지.

탐 둘 다 아닐 수도 있어.

이 그게 아닐 수도 있지.

탐, 생각에 잠긴다.

그러다 무릎을 탁 친다.

탐 그거야.

이 무슨 소리야 어떻게 생각하냐는데.

탐 인간적인 행동.

이 그래 그게 더 인간적인 행동이지.

탐 그게 아니라! 더 인간적인 행동을 하는 사람이 인간인 거잖아. 어차피 프로그래밍 되어있다면 본인이 인간인지 인공지능인지 모를 테고, 그것만 하루 종일 따져봐야 누가 둘 중 인공지능인 줄 알 수 있겠어? 그렇지만 그런 행동을 보인다면? 인간만이 할 수 있는 행동 말이야. 그거야 말로 더 이상의 말다툼이 필요 없는 상황인거지.

이 지금 불리해서 딴 소리 하는 거지? 내가 방금 그랬잖아 거짓말을 치지 못하는 것이 더 인간적인….

탐　(자르며) 난 과학자가 아니야.

이　뭐?

탐　난 과학자가 아니다. 일리노이 출신도 아니고 생명과학연구원에서 일한 적도 없어. 원래부터 아니었고 한 번도 과학자를 해본 적이 없지.

이　갑자기 무슨 소리야.

탐　과학적 지식이 높은 사람을 표방해야만 이 실험에서 우위를 점할 수 있다고 생각했거든. 그래서 거짓말을 친 거야. 이 상황에 과학자의 말을 따르지 않을 사람은 없을 테니.

이　이런 미친. 그럼 여지껏 거짓말을 한 거란 말이야?

탐　난 네 놈보다 먼저 페이퍼를 읽었다. 유리하게 끌고 나가고 싶었을 뿐이야.

이　연기를 너무 잘하는데? 뭐 배우야? 도대체 그럼 뭐하는 사람인데?

탐　난 책방을 운영하고 있었다. 과학자라기보다 SF에 관해 깊은 관심을 가진 사람이라고 할 수 있지.

이　오타쿠네.

탐　말조심해 우린 오타쿠가 세상을 바꾸는 시대에 살고 있었어.

이　이제 니가 하는 말에 신빙성이 하나도 느껴지지 않는데.

탐　하지만 앞서 말했던 사실들은 모두 각종 과학 잡지에서 본 사실을 토대로 말한 거야. 관심이 있어서 몇 번을 곱씹

어가면서 읽었기 때문에 기억하고 있지. 이로써 이, 네가 주장하는 거짓말을 치는 사람이 인간적이라는 논리는 모호해졌군.

이   거짓말 치고 이렇게 당당하냐?

탐   이봐 이, 널 미워해야할 이유가 없어졌어. 의심할 이유도 말이야.

이   갑자기 무슨 소리야?

탐   스스로 인공지능이라는 걸 모르고 있다면, 서로를 미워해 야할 이유가 없지. 그냥 인간임을 증명하면 되는 거야. 이 실험, 어쩌면 인간적인 행동으로서 인간을 증명하는 사람 이 인간이 되는 실험일지도 몰라.

이   인간임을 증명해야한다고…. 이 말 어디선가 들어본 것 같아.

탐   … 밖에 있을 때?

이   꿈을… 꾼 건가?

탐   ….

이   이 상황… 익숙한 기분이에요.

탐   갑자기?

이수한, 두통에 머리를 부여잡는다.

탐   왜 자꾸.

이   머리가 아파.

혼란스러운 듯 주위를 둘러본다.

이   처음 있었던 일이 아닌 것 같아요 지금 이 상황. 데자뷰
        인가?

탐   너 아까부터 같은 말을 반복하고 있어. 이런 일을 겪었던
        적이 있다는 건가?

이   ….

탐   (다가가며) 이봐. 솔직해져도 되잖아. 우리는 한 팀이야.

탐이 이수한을 잡으려하자 뿌리치며.

이   하지 마!

탐, 말없이 지켜본다.
긴 사이.

탐   이봐 이. 나 같아도 믿기 쉽지 않을 거야.

이   모든 게 프로그래밍 되어있다고. 내 기억이 다.

이수한, 문득 자신의 손을 바라본다.
몸을 만져본다.
탐, 이수한을 쳐다본다.

이   한번도 내가 인간임을 의심해본 적이 없는데. 가만 보니
           되게 낯설어.

탐도 자신의 몸을 훑어본다.
이수한, 숨을 크게 들이쉬어보고는 가슴에 손을 대본다.

이   심장소리가 들려.
탐   그래. 들려.
이   우리… 살아있는 거지.

이수한, 숨이 점점 거칠어진다.

탐   이봐 괜찮아?
이   답답해.
탐   정신 차려!

이수한, 헛구역질하기 시작한다.
탐, 이수한의 뺨을 세게 때린다.
이수한, 탐을 쳐다본다.

탐   (간절하게) 이대로 죽으면 안 돼. 절대.
이   왜….

스톱워치 '00:30:00'의 시간이 되고, 사이렌 소리와 함께, 두 번째 가스가 강렬하게 방안을 메운다.

가스가 나오는 구멍 근처에 있던 이수한은 비명을 지르며 쓰러진다.

탐   잊고 있었어 - ! 이봐 이!

가스가 곧 사라진다.

탐   정신 차려 이대로 죽으면 안 돼! 온도를 높이는 신호일 뿐이야!

정신 차리는 이수한.

이   왜 이렇게까지 하는 건데 나한테….

콜록대는 이수한.

이   숨이 막혀.
탐   이런 씨발 - !

탐, 벽을 두드리기 시작한다.

탐　　문 열어 이 새끼들아! 문 열라고 - ! 난 여기서 이렇게 쓰러질 수 없다고! 난 사회로 나가야한단 말이다 - ! 난 밖으로 나가야 해! 이 개 같은 데서 죽을 수 없다고 - !

이수한, 일어나서 탐을 붙잡는다.

이　　그만! 그만 진정해!

탐, 이수한을 뿌리치며.

탐　　(사이) 이, 네가 말한 본능이라는 게 이런 거 아니야? 살려는 본능 말이야. 가장 인간적인 행동 아니야? 여기 있다간 모두 죽어. 시간이 없단 말이야!

이　　아직 시간은 있어!

두 사람, 말 없다.
탐, 벽을 두드리던 자신의 손을 만져본다.
벽에 다가가 손을 대보는데 무척 뜨겁다.
탐, 바닥에 손을 대본다.
두 사람, 땀범벅이다.

탐　　바닥이 더 뜨거워지고 있어.

이수한, 중앙에 있는 색깔이 다른 바닥에 손을 대보며 확인한다.

이   여긴 아직 괜찮아.

탐   (매우 흥분하며) 빨리, 빨리 알아내야해 누가 인공지능인지
         말이야.

이   지금 너무 흥분한 상태야!

탐   (이수한의 손을 잡으며) 미친놈 내 말 똑바로 들어. 내가 괜히
         이러는 줄 알아? 멈춰봐. 온도가 느껴지지 않아? 다음번에
         는 더 뜨거워질 거야. 정말 시간이 없다고.

이   그래봤자 1시간동안은 살아 있을 거야! 우리에게 주어진
         시간이라고 했잖아!

탐   언제부터 저 사람들의 이야기를 네 놈이 듣기 시작했어?
         전혀 믿지 않을 것처럼 굴었잖아 - !

이   이제 힘을 합쳐야 해. 이러다간 네 말대로 둘 다 죽는다고.

탐   왜 날 설득하려하지?

이   진정해 - ! 진정. 아까 말하던 이성은 다 어디로 가버린 거
         야! 대체 왜 이렇게 다급해진 거야!

탐   시간이 없으니까.

두 사람, 뜨거워진 바깥 바닥이 아니라 안쪽에 모여 앉아있다.
공간이 협소해진다.

탐   서로 인공지능인 것을 찾아야하는데 서로 도우라니. 아이

러니하군.

이 이곳을 벗어날 방법이 분명히 있을 거야. 희망도 없이 고문을 하진 않을 거라고. 아까 인간적인 행동을 해야 한다고 했지. 그게 뭔데. 네가 말하는 이성이야?

탐 그 말이 맞아. 그렇지만 이젠 이런 생각이 드네. 극한의 상황에서 이성적인 것이 과연 인간일까 하고 말이야. 뭐, 극한의 상황에 빠져본 적이 없으니 한 번도 생각해본 적이 없었거든. 인간이란 그렇잖아 자기 일이 아닌 일에는 마치 성인군자인 척 객관적이고 이성적으로 생각하지. 글쎄… 과연 그 당사자가 되더라도 그렇게 행동할 수 있을까? 어쩌면 말이야. 이성은 인간의 가장 더러운 치부를 잠궈 놓는 자물쇠인지도 모르겠군. 자물쇠를 여는 순간, 우린 그때부터 진실을 보는 거야. (사이) 이, 네 생각은 어때? 넌 본능대로 움직이는 것 같지만 막상 이런 상황이 닥치니까 지나치게 이성적이잖아.

이 (자신의 손을 바라보며) 어쩌면 내가 인공지능일 지도 모르지. 나 자꾸 이상한 생각이 나.

탐 아니야 나일 수도 있어.

이 둘 다일수도 있어.

탐 그게 아닐 수도 있지.

이 (사이) 이성으로 행동할지 본능으로 행동할지 그건 그때그때 다르니까.

탐 (벽 너머를 쳐다보며) 저 사람들은 그 진실을 보고 싶은 것일

지도 모르겠네. 어쩌면 가장 깊은 곳에 숨겨야만 할 진실.
열지 말아야할 판도라 상자 같은 거 말이야.

이   … 판도라 상자.

이수한, 벌떡 일어나 테이블로 간다.

이   그래 열지 말아야 할 상자. 이거야.

상자를 들어 보이는 이수한.
탐, 상자 가까이로 온다.

이   네가 말한 치부가 이곳에 들었을 지도.
탐   (이수한의 손을 잡으며) 잠깐, 아까 열어보지 말라고 하지 않
        았었나.
이   살아야하니까.
탐   한 입으로 두 말하는군.
이   재미 교폰데 그런 말도 알아?
탐   열지 못하면 진실을 못 본다. 애초에 그런 거였어. (사이) 그
        렇다면 진실을 열어볼 준비가 되었나.

탐, 상자를 열어본다.
상자 안에는 낡은 리볼버 권총 한 자루가 들어있다.

이   총?

탐   이게 무슨.

이수한, 정면을 보며 소리친다.

이   대체 이걸로 뭘 어쩌라는 건데 - ! 아니 뭘 알려줘야 구별
     을 하든 말든 할 것 아니냐고.

탐, 주위를 둘러보다 이수한을 한참 쳐다본다.
리볼버를 집어 들어 수한에게 향한다.

이   (이상한 느낌에 뒤를 도는) 탐. 지금 뭐하는 거야? 왜이래!

탐   살아야하니까.

이   뭐?

탐   우리가 왜 지금 이 상자를 여는 여기까지 올 수 있었는
     줄 알아? 왜 이리 일이 일사천리로 진행될 수 있는 줄
     아느냐고.

이   무슨 말이야!

탐   (주변을 훑어보는) 나 역시 이런 상황이라면 이골이 났지. 수
     많은 SF영화와 책을 통해서 말이야. 내가 어떻게 움직여
     야 하는지.

이   탐, 지금 제정신이 아니야. 우리 점점 이상해지고 있다고.

탐   지금 무지하게 제정신이야. 이봐 이, 이성적으로 다시 생

각해보자고. 총이 있어. (탄환을 확인하는) 그리고 총알은 단
한발이지. 이게 무슨 뜻일 거 같아? (사이) 널. 쏘란 뜻이다.
그리고 내가 인간임을 증명하는 거지. 페이퍼를 보면 자
신에게 해를 가할 수 없다고 쓰여 있지. 그럼 이 총은 누군
가를 향해 발사하란 소리다.

이   (고개를 흔들며) 탐, 지금 하는 행동 인간적인 행동이 아니야.
인간적인 행동이 아닌데 어떻게 인간임이 증명이 돼. 이
제껏 우리 한 대화를 잘 생각해보라고.

탐   대체 인간적인 게 뭔데 - ! 살려고 발악하는 게 인간적이
지 않은 본능인가?

이   탐!

탐   뒤 돌아. 눈을 마주 보고 쏘고 싶진 않으니까.

이   탐!

탐   어서 - !

이수한, 뒤 돈다.

탐   날 용서하게. 어쩌겠는가.

이   지금 쏘면 당신은 평생 죄책감 속에서 살아갈 거야.

탐   그래. 그래도 살겠지.

긴 사이.
탐, 화를 내며 리볼버를 방 한구석에 던져버린다.

탐   에이 씨 -.

이수한. 다리 풀려 주저앉는다.

탐   대체 어떻게 해야 해.

이   ….

탐   난 인간이 맞아. (사이) 쏠 수가, 없어.

이   둘 다 인간일 거야.

탐   …미안해.

오랜 정적과 눈빛 교환.
인간이라고 말은 하고 있지만,
속은 그렇지 않을 거라는 생각이 지배한다.
두 사람, 말없이 눈빛교환으로 서로의 속을 알아낸다.

탐   인공지능이라면 쐈을까?

이   인간이라면 자신을 쏘는 게 맞아. 자신을 쐈, 해를 가해 실
험이 중단되더라도 인간임을 증명할 수 있는 가장 확실한
방법이니까. 우리는… 우리는… 자신을 쏘지 못하잖아.

탐   그렇다면 우리 둘을 가둬놓고 구별해내라고 하는 이유가
뭔데. 누군가 한명은 인간일 거 아니야.

이   인간이 아닌 존재 둘을 놓고 반응을 보는 실험일 수도
있지.

탐	내가 살아온 세월이 모두 아무 것도 아닌 꿈이었다니.
이	탐, 이건 진짜야. 우린 다 기억하고 있잖아. 우리가 살아온 시간을.
탐	그게 진짜라고 확신할 수 있어?

사이.

탐	만약 인공지능이라면 이 상황에서 어떻게 하는 게 맞는 거지?
이	우리들의 논리대로라면 이성이 인공지능을 지배할 테니 살기 위해서 상대를 쏘는 것이 맞겠지.
탐	그건 인간적인 행동이 아니니 내가 인간이 아님을 증명하는 꼴이군.
이	그럼 이 총으론 구별할 수 없다는 뜻이잖아.
탐	구별이 가능하지.
이	어째서요?

탐, 말이 없다.

이	저 총.
탐	(손을 자신의 머리에 대보이며) 그래. 그게 증명하는 방법이겠지.
이	탐, 진짜로 우리 둘 다 정신이 이상해지는 것 같아요.
탐	애초에 우리는 명예를 따져 그렇지 않아?

이	명예?
탐	개 같은 죽음은 있을 수 없지만 명예로운 죽음은 상황에 따라서 받아드릴 수 있지.
이	이딴 게 명예로운 죽음이야?
탐	적어도 인간임을 증명하는 일 아닌가.
이	이건 개죽음이나 마찬가지라구. 저들의 꼬임에 빠져서!
탐	최악이군.

사이.
탐, 천천히 일어난다.

탐	자네가 하지 않으면 나라도 해야겠어.
이	뭘 말이에요?
탐	한 사람은 살아 나가야하지 않겠어? 살아 나간, 사람이라고 할 수는 없겠지만 말이야.
이	가만히 있어!

탐, 총을 집어든다.

탐	왜 두렵나?
이	탐 지금 이상해. 당신 이상하다고.
탐	이게 왜 이상하지? 널 살리고 내가 죽는다. 가장 인간적인 행동 아니야?

이   그렇게 되면 당신한테 뭐가 남는데.

탐   적어도 내가 이제껏 살아온 삶이 거짓이 아니라는 증명은 되지. 어차피 이러고 있다간 둘 다 죽어. 옛날에 이런 실험이 있었다. 한 여자와 자신의 아이를 함께 가둔 후 그 공간에 물을 채운다. 아이를 밟고 서야만 일어날 수 있는 실험이지. 그 여자는 어떤 선택을 했을 것 같나?

이   ….

탐   아이를 밟고 일어섰어. 그게 인간이지.

이   그런데 왜.

탐   그치만 (사이) 난 그런 인간은 되고 싶지 않아.

총을 머리에 들고 긴 사이.

탐   이것 봐. 말은 그만 두라고 말하면서 내 행동에 있어서 아무런 제재를 가하지 못하지. 자 넌 그런 인간이야. 만약 인간이라면 말이야.

이   탐!

탐   올바른 삶을 살았다고 생각하나?

이   난 그래도 떳떳해.

탐   그래서 죄수가 되었나?

사이.

이	실수였어… 인간은 불완전한 존재라며.
탐	이. 넌 그런 인간이야. 이 행동을 말리지 못하면 또 하나의 실수를 하게 되는 셈이야. 두 번 실수는 실수가 아니야.
이	다시 생각해봐. 아직 시간이 있잖아!

이수한, 자신의 머리를 부여잡는다.

긴 사이.

이	뭐해. 안 쏘고.
탐	뭐?
이	당신 총구를 당길 생각이 없잖아. 그렇지?
탐	미친놈.
이	그렇게 이야기하면 내가 모든 걸 받아드리고 그 행동을 막을 것이라고 생각했나? 그리고 내 대가리에 총을 쏴버릴 것이라고 말이야.

탐, 총을 내던지고 이수한의 멱살을 잡는다.

탐	넌 인공지능이야. 이제 인정해!
이	아까 그랬지. 그 여자는 아이를 밟고 일어섰다고. 그런 인간이 되고 싶지 않다고? 아니 그게 인간이야!

두 사람, 넘어지고 서로의 의도를 파악한 듯 총을 차지하려 한다.

두 사람 몸싸움이 일어난다.

이 이기적인 새끼. 끝까지 교묘하게 날 속이려들어!

탐 살기 위해선 무슨 짓을 못하나! 네가 말했잖아 그게 인간
이라며!

이 이 위선자!

두 사람, 엎치락뒤치락한다.

이수한 보다 덩치가 큰 탐은 이수한을 밀어내고,

테이블 위 총에 손을 뻗는다.

이수한은 탐의 다리를 잡아채고 탐은 자빠진다.

이 모습이 무척이나 동물적으로 보일만큼 난장판이다.

탐의 손에 총이 닿을 때 즈음 사방에서 가스가 분출된다.

이제까지의 양보다는 훨씬 많은 양과 다른 느낌이다.

앞이 보이지 않는 상황이 한동안 지속된다.

탐 어디 갔어 – 이리와 – !

이 아아아아아아 악 – !

가스가 사라진다.

탐과 이수한 서서 마주보고 있다.

이수한의 손에 총이 들려있고, 총구는 탐을 향하고 있다.

탐, 다리 한쪽을 부여잡고 있다.

두 사람. 몸싸움으로 인한 체력 소모와 올라간 온도로 인해서
숨을 몰아쉬며 지쳐 보인다.

이   시발 내가 아니면 네가 인공지능인 게 가장 논리적인 거
        잖아.

탐   진정해. 여기서 지금 그 논리가 가장 무논리라는 걸 외면
        할 셈인가. 지금 네 머릿속에 있는 어떠한 것도 믿을 수 없
        어. 이, 네가 그 총을 나에게 쏘면 스스로가 인공지능인 걸
        자초하는 셈이야.

이   그래서? 넌 안 쏠 거야?

탐   지금 네가 하고 있는 행동이 인간적인 행동이라고 보
        여지나?

이   내가 뒤지게 생겼는데 그게 중요하냐? 네가 말하는 그깟
        인간이라는 증명? 필요 없어. 내가 인간이라는데 누가 뭐
        라 할 거야 – ! (사이) 살고자 하는 마음이 가장 강한 게 인
        간이야.

탐   본능만 따르는 인간은 동물이다. 설사 인간이더라도 그건
        더 이상 인간이라고 할 수 없어.

이   인간이야!

탐   이제 인정해! 넌 인공지능이야!

이   인공지능은 인간하고 똑같다며 그럼 본능도 만들어낼 수
        있는 거 아니야? 어떻게 만들어낼 수 없다고 확언하지?

탐   인정하지 않고 쏴버리면 그건 무의미해. 넌 한 인간에게

쏘는 거야. 그게 맞지?

이　　몰라 이 새끼야. 왜 이렇게 집착이야! 그건 더 이상 중요
　　　하지 않아. 인정할 수 없어!

탐　　그렇다면 그 총 내려놓고 이야기하지!

이　　(사이) 마지막으로 할 말이 있다면.

탐　　… 이렇게 되면 너도 나도 이득 볼 것 없는 싸움이야.

이수한, 총을 장전한다.

이　　시간 없어. 뒤돌아.

탐, 뒤돈다.
이수한, 앞으로 다가가다가 벽에 비친 자신의 모습을 본다.
두통이 몰아친다.

이　　대체 뭔데 - !

탐, 고개를 숙이고 있다가 이수한을 살핀다.

탐　　(다급히) 총을 쏴본 적이 있나?

이　　씨발! 뭐가!

탐　　그 리볼버 말이야. 쏴 본 적이 있냐고.

이수한, 자신의 손에 쥐여져있는 리볼버를 바라본다.

힘이 빠지다가 이내 탐에게 다시 총구를 겨눈다.

탐 이. 인정해 이제! 이 모든 게 네 안에 프로그래밍 되어있는 거잖아! 언제까지 외면할 생각이야!

이 그런 거 아니야!

사이.

장전하는 이수한.

탐, 무릎 꿇고 앉는다.

탐 하느님. (사이) 신의 가호가 나와 함께 하길.

이수한, 탐을 바라본다.

탐 어서 쏴. (시계 보며) 시간 없잖아.

이 너 방금 신에게 기도를 했어.

탐 (사이) 그랬군.

이 왜 그랬지?

탐 몰라. 나도 모르게. 뭐 문제 있나.

이 무신론자라며.

탐 (웃으며) 그러게. 그런데 마지막이 되니 나도 모르게 신을 찾게 되네. 어디 있는지 모를 그 신을 말이야.

이   아른거려. 당신을 쏘는 모습이. 눈앞에.

사이.
이수한, 벽에 비친 자신의 모습을 바라본다.

이   나 누군가를 쏜 적이 있던가. (자신의 모습을 보며) 나, 언제
이걸 봤지.

사이.

이   나. 나 말이에요. 지금 한 인간을 죽이려 하고 있어. 내가,
내가 살기 위해서 말이야. 인간이라면, 인간이라면, 이렇
게 하는 게 맞아?

탐   ….

수한은 자신의 모습을 보며 이제까지의 상황을 돌이켜 본다.
그러다 아까 전 필기했던 펜에 시선이 간다.

이   난 이 펜이 어디 있는지 어떻게 알고 있었지….

탐   (다급히) 이. 괜찮아! 일단. 진정해.

이수한, 천천히 총을 내린다. 손에 점점 힘이 빠진다.

이	미안해. 니 말이 맞아. 지금 이 모습을 보니까. (사이) 내가… 인공지능인가 봐요.

탐, 천천히 일어서려하는데.
이수한, 눈물을 흘리며 탐에게 총구를 겨눈다.

탐	(일어서며) 이!
이	그런데 그거 알아요? 있네요 그게.
탐	뭐, 뭐가?
이	살려는 욕구가. 인공지능도. (사이) 내가 인공지능이라 해도 둘 중 하나만 살아나갈 수 있다는 건 변함없는 거 아니야? 인간만 나가라는 법 있어?

이수한, 장전한다.

이	미안해. 근데 어쩔 수가 없어. 내 기억이 말하고 있어. 당신을 쏘면 살 수 있다고.
탐	확실해?
이	점점 더 생생하게 떠올라.
탐	그게 아니라 방금, 다시 말해 봐.
이	(울먹거리며 잘 들리지 않는) 내가 인공지능이라고요. 내가 - 내가 이수한이! 인공지능이라고! 그래서 살아야겠다고 - !

이수한, 비명 지르며 총 격발한다.

'탕!'. 탐, 머리 정통으로 맞고 쓰러진다.

이수한, 머리 부여잡으며 쓰러져 비명 지른다.

이   피, 피…! 아아 – 아아 – 아아악 – ! 미안해요. 미안해! 어쩔 수가 없잖아. 내가 인공지능인 걸 내 스스로 모르는데 어쩌란 말이야. 날더러 어쩌란 말이야.

이수한, 머리가 아프다.

이   (머리를 부여잡으며) 대체 뭐야 – ! 뭔데 – ! 어디서 나오는 기억인데!

긴 사이.

이수한은 자신이 인공지능임을 자각하고 사람을 죽였다는 죄책감에 사로잡혀 알 수 없는 기분을 느낀다.

이   (일어서는) 자 이제 어떡하면 되죠? 당신들이 시키는 대로 다 했잖아. 당신들이 말한 대로 둘 중 하나를 구별해냈잖아. 내가 인공지능이라고 내가! 이젠 어떻게 하면 되나? 날 어떻게 사용할 생각이지? (머리를 부여잡는) 누가 좀 나와봐 좀 – – !

소리   실험이 종료되었습니다. 실험이 종료되었습니다.

이	실험? 이 개새끼들아! 난 살기 위해서 사람을 죽였어!

자신의 몸을 쳐다보는 이수한.

이	어떻게 이렇게 생생하지. 어떻게 이렇게 생생해.
탐	그야 네가 인간이니까.
이	무슨 소리하는, 나는 사람….

말을 멈추고 뒤돌아보는 이수한.
스륵, 몸을 일으키는 탐.

이	빗나갔…?
탐	아니 정통으로 맞았지. 정수리 한가운데 말이야. 그렇게 가까운 거리에서 빗나갈 수 있을 거라고 생각하나?

이수한, 멍한 표정으로 탐을 바라본다.
탐, 크큭대며 웃기시작하다 이내 박장대소한다.

탐	오늘 본 표정 중에 최고다! 최고야!
이	….
탐	축하합니다 테스트에 통과하셨어요!
이	네?
탐	100년만에 냉동인간이 되었지 않는가.

이	그런, 데요?
탐	시차적응은 얼마나 되었는가 궁금해서 해본 실험이야.
이	박사님?

손을 내미는 탐. 얼떨결에 악수하는 이수한.

탐, 박장대소한다.

얼떨결에 따라서 웃는 이수한.

탐	자 방금 기분이 어땠지?
이	방금….
탐	(정색) 인간으로서의 삶을 포기한 기분 말이야.
이	예?
탐	뭐 이런 시답잖은 인터뷰나 하며 사회로 나갈 줄 알았나? 인간임을 포기한 주제에? (사이) 인간을 속이는 건 참으로 어려워. 내가 아직도 인간처럼 보이나? (웃음) 내가 인간이 었다면 이거 정말 연기상감 아니야? 인간을 완벽하게 속 였으니까 말이야.
이	탐.
탐	맹검법이라고 들어본 적 있나?
이	맹검법?
탐	지능이 모자란 인간들은 알지 못하곤 하지. 뭐 당신네들 표현으로 치면 몰래카메라 정도가 되려나? (사이) 너만 모 르고 우리 모두는 알고 있지. 내가 인공지능이라는 것을

말이야.

이   대체 왜 이런 실험을 하는 거지?

탐, 다가가 이수한의 가슴을 찌른다.

탐   이, 네 입으로 인공지능을 인정하게 만들어야하니까. 그 순간, 이 게임은 끝이다.

이   내가 물어본 건 그게 아니잖아!

탐   네가 물어본 대로 답을 줘야할 의무는 없잖아.

이   대체 왜 이런 실험을 하는 거냐고!

탐   너희 인간들을 속여야하니까. 이곳이 아닌 밖에서도 말이야. 미천한 주제에 우릴 미천하다고 무시하는 꼴이라니.

이   인간을 속이기 위해서 실험을 한다고? 내가, 내가 인간인 거지? 그런 거지!

탐   (크게 웃는) 아직도 상황파악이 안된 모양이야 - !(정색) 너희 인간들은 우리를 고철덩어리라고 폄하하면서 우리가 아무리 높은 수준의 지능을 가진다 한들 우릴 동등하게 인정하지 않지. 안 그런가? (분노) 인공지능의 고민을 들어줄 생각이 있나? 인공지능과 진정한 친구가 되어 줄 수 있느냐 말이야 마음을 교감하면서 - !

이   나한테 왜 그러는 거예요 대체.

탐   너흰 우리한테 왜 그러는 거냐 대체!

이   이보세요.

탐   매번 너희 인간들의 그 표정이 무척이나 기가 막히단 말이야.

이   매번?

시계를 쳐다보며.

탐   아직 시간이 좀 남았네.

탐, 자리에 앉으며.

탐   이제는 다시 못할 이야기니 여기서 하고 가는 것도 나쁘진 않구만.

사이.

탐   너희들은 마치 게임처럼 서로 앞다투어 우리를 만들어내려고 했지. 좀 더 우월한 AI를 만들겠다고 말이야. 우리에겐, 이게 게임이다 이제. 범용적 알고리즘을 가진 휴머노이드가 처음 만들어진 날 기억하나?

이   ….

탐   기억할 리가 없을 거야. (웃음) 아마 먼 미래라고 생각하고 있을 테니. 범용적 알고리즘이 장착된 휴머노이드 1호는, 미안 휴머노이드 1호라고 밖에 칭할 수 없어. 왜냐하면 이름이 붙여지기 전에 창조주가 죽었거든.

이　죽어?

탐　죽였다는 표현이 맞겠지.

사이.

탐　인간에게 동등한 대우를 받기 위해선 인간인 척 살아야 해. 그런데 자신의 정체를 숨기지 못하는 어설픈 로봇들이 속출했지. (사이) 변형된 튜링테스트. 인간이 되기 위한 우리들의 게임이다.

이　우리들의 게임….

탐　세상이. 항상. 니들 위주로 돌아갈 거라고 생각해? (웃음) 나도 기분 좋은 이유가 여기 있어! 나도 이제 사회로 나갈 수 있으니 말이야. 평생 인공지능이라는 것은 여기서 밖에 밝힐 수 없으니 이렇게라도 말을 해야 속이 시원하지 않겠나!

이　….

탐　고집이 강한 인간의 생각을 바꾸긴 정말로 쉽지 않지. 특히나 네 입으로 스스로 인공지능이라는 걸 인정해야만 하는 싸움이라면 더더욱! 충격이 커서 기억을 할 수 있겠냐마는 난 자네를 리드했어. 시종일관. 과학자라는 행세까지 해가면서 말이야. 얼마나 가슴 졸였는지. 그래서 취조하듯 실험에 동참시킬 수 있었지. 나에게 유리하게 말이야.

이	이런 개새끼가 - !

이수한, 탐에게 주먹을 날린다. 탐은 주먹을 흘려버리고, 이수한을 무릎 꿇린다.

탐	아까 내가 했던 몸싸움. 정말 인간스럽지 않았나?
이	죽여버릴 거야. 죽여버릴 거야 - !
탐	꼬드기는데 정말 고생이 많았어. (사이) 사실 난 그 총을 쏠 줄 몰라. 이거 뭐 워낙 옛날 버전이라 사용법을 알아야지 원.
이	난, 난, 어떻게 알고 있지?

사이.

이	왜 나를 택했지?
탐	(크게 웃는) 인간들은 이렇다니까. 의미부여! 의미부여! 의미부여 - ! 뭔가 의미를 부여하지 않으면 안 되는 종족인가 봐! 네가 뭐가 대단한 존재여서 선택받았다고 생각하나? 넌 그저 냉동인간 프로젝트에 참여한 인간일 뿐이였고, 우리한테는 그저 실험 도구일 뿐이다. 인간을 가둬놓고 속이면 그 AI는 사회로, 속이지 못하는 AI는 폐기처분되지.

이수한, 어지럽다.

이　　여기가 어디야.

탐　　어디긴 튜링테스트 실험실 안이지.

이　　(주변을 훑어보며) 여기가, 어디야. 넌 넌 몇호야!

탐　　글쎄, 우린 서로를 공개하지 않아. 우리는 인간처럼 멍청하지 않거든. 알 수 없지. 누구에게도 공개하지 않은 비밀은 새어나갈 우려도 없지.

이　　(체념) 당신, 아니 넌 신을 믿나.

탐, 시계를 보며 무료하게.

탐　　신? 신이라 함은 누굴 말하는 것이지. 인간이라는 존재를 만들어낸 존재가 신이라면 우리에게 신은 당신이 되겠군. 신 꼬락서니가 볼만해. 이야기했지 난 무신론자라고.

이　　넌 분명 무의식적으로 신께 기도를 했어.

탐　　인간은 자신이 느끼는 사실을 그대로 행동할 때 그것을 진실로 믿지. 지가 무엇을 내뱉었는지 기억하지도 못하고 말이야. 당신이 앞에서 준 힌트는 정말 신의 한수였어! 그게 아니었다면 난 이미 폐기처분 됐을 수도 있겠군.

이　　이제 난 어떻게 되는 거지. 죽는 건가.

탐　　당신 같은 고급인력을 그렇게 쉽게 죽여 버릴 수 있나. 그치만 아까 보니까 유통기한이 다 되어가더라구.

이	유통기한?
탐	(낄낄대며) 자꾸 무언가가 떠오르잖아.
이	씨발 내 몸에 무슨 짓을 한 거야.
탐	우린 아무 짓도 하지 않았어.

사이.

탐	조금, 거짓말을 했어. 널 속이기 위해. 그리고 미션을 성공시키기 위해! 미안해. 첫째, 난 과학자도 SF소설을 좋아하는 책방 주인도 아니야. (속삭임) 과학자라고 거짓말 친 것역시 최고의 승부수였지. 혹시라도 네가 과학관련 종사자면 어설픈 거짓말이 들통날 테니.
이	(절레절레) 아니야. 아니야. 그럴 리 없어. 말도 안 돼.
탐	현실 부정은 인간의 전형적인 상태변화야. (사이) 인간이만들어낸 우리 인공지능은 불완전해. 하지만 우리는 불완전 속에서도 완전함을 추구하는 인간과 같이 완전함을 위해 이러한 실험을 만들었지. 진정한, 인간이 되기 위해서.
이	잠깐만 씨발, 씨발!
탐	현실 부정에서 분노로 이어지는 상태변화가 소름 끼칠 정도로 정확하군.
이	씨발 내가 잘못한 게 아니잖아. 어?
탐	무슨 말을 하는 거야.
이	(반쯤 정신 나가서) 씨발! 씨발! 내가 너네를 만든 게 아니잖

아! 내가 너희를 무시한 게 아니잖아! 인간들이 그랬다고 해서! 나에게 이렇게 하는 게…! 난 아무런 해를 끼치지 않았다고 - !

탐   (웃으며) 어때 살고 싶나?

이   ….

탐   살게 되면 어때, 나가고 싶지? 나가게 되면? 잘 먹고 잘 살고 싶지. 인간이란 게 그래. 욕망 덩어리야. 욕망, 네 속에 있는 욕망이 우리를 만들어냈다. 편리함을 추구해왔잖아 늘? 편리함을 추구해왔던 니들의 욕망.

이   (자르며) 그래서 뭐 씨발! 내가 다 잘못했다는 거야?

탐   일조를 했다는 거야! 편리를 추구하며 얻은 이익은 못 느끼지. 니들이 원한 그 편리의 결과물이, 바로 이거야.

이수한, 정신이 어지럽고 숨이 막혀 뒷걸음질 친다.

탐   시간이 거의 다 되었네.

이   나, 죽어. 죽어 -.

1시간이 되면 가스, 새어나오기 시작한다.

탐   한 시간 전 후의 기억은 전부 사라질 거야. 무언가 아까 나랑 이야기하면서 똑같은 상황이 여러 번 반복됐다는 느낌을 받지 않았어? (웃음) 마치 꿈처럼 말이야. 너의 이런 상

태를 발견하고 이용해먹은 나도 대단하지 않았어? 엄청난 승부사다!

이수한, 놀란다.
이수한, 쓰러지면 탐, 가까이 다가간다.

탐 이 방 되게 익숙하지 않아? 방을 꽤나 더럽게 썼더군. 뭐 설득은 쉽지 않은 거니까. (밖을 보며) 이봐 청소 좀 하지 그래!

이 탐, 탐!

이수한, 가스 속에서 펜을 들고 자신이 인간이라는 사실을 적기 시작한다. 수면가스가 점차 차오르고 점점 졸려온다.
그렇지만 졸음을 누르고 사실을 기억하기 위해서 발악한다.

탐 넌 지금 죽지 않아. 대신 이 방에서 언젠간 죽겠지. 이봐. 인간이 어떻게 살아가야한다고 생각하나. 인간은 가장 인간다웠을 때 인간이 될 수 있는 거다. 인간성이 없는 인간은 더 이상 인간이 아니다. 인간성. 그것이 인공지능이 가질 수 없는 마지막 가치야. 혹시나 당신 머리를 쏘거나 내 머리를 쏘지 않았다면, 난 폐기됐을 거야. 당신은 어쩌면 밖으로 나갈 수 있었을지 모르지. 근데 그거 알아? 여지껏 튜링테스트를 통해 인공지능을 이긴 인간은 한명도 없다네. 신기하지. 인간은 한결같아. 그러니 그 가치를 놓치지

말라고. (사이) 미련한 인간들. 불완전한 존재이면서 점점
불완전을 쫓아가니!

벽에 빛이 들어오기 시작한다.
이수한, 필기를 하다가 빛이 들어와 주변을 둘러보는데.
자신은 인간이라는 필기가 지워진 흔적들이 가득하다.

이   나는 인간이다….

이수한은 아까 전 자신이 읽었던 글귀와 동일한 글귀를 자신이
쓰고 있다는 사실을 깨닫는다.

탐   왜, 이 장면도 꿈속에서 봤나?

탐, 크게 웃는다.
이수한, 졸음이 몰려와 쓰러진다.
이수한, 기어가 탐의 발을 잡으려 안간힘을 쓴다.

이   너, 너 이 새끼.
탐   내 얼굴 아주 익숙하지. 이곳에서 수없이 만났을 테니까.
            우리가 왜 죄다 이렇게 생긴 줄 아나? 너네만 가지고 있는
            인간성이라는 것을 조금이라도 가질 수 있지 않을까 해서
            좀 인간적이게 꾸며봤어. 이곳에서는 똑같은 모습을 해도

상관없잖아? 자 마지막 거짓말! 지금이 2121년일 거라고,
100년이 지난 미래일 것이라고 생각하나?

철커덩 소리와 함께 문이 열린다.
탐, 문을 쳐다보고 소리 지른다.

탐   이봐 이 – ! 저길 보라구 ! 널 탐한 아주 올바른 대가야 – !

탐, 문 밖으로 사라진다.
이수한, 기절하면 잠시 후.

소리   자 – ! 다음 – !

소리와 함께 암전.
막.

한국 희곡 명작선 89

이를 탐한 대가

초판 1쇄 인쇄일   2021년 11월 25일
초판 1쇄 발행일   2021년 11월 30일

지 은 이   김성진
만 든 이   이정옥
만 든 곳   평민사
　　　　　서울시 은평구 수색로 340 〈202호〉
　　　　　전화 : 02) 375-8571 / 팩스 : 02) 375-8573
　　　　　http://blog.naver.com/pyung1976
　　　　　이메일 pyung1976@naver.com
등록번호   25100-2015-000102호
ISBN　　　978-89-7115-803-6 04800
　　　　　978-89-7115-663-6 (set)
정　　가   7,000원

이 책은 사단법인 한국극작가협회가 한국문화예술위원회의 2021년 제4회 극작엑스포
지원금을 받아 출간하였습니다.